AF358315

8 Juin 1885

VENTE PAR SUITE DE DÉCÈS DE M. D...

HOTEL DROUOT, SALLE N° 2

Les Lundi 8 et Mardi 9 Juin 1885

TABLEAUX ANCIENS

DES DIVERSES ÉCOLES

MEUBLES & BRONZES

Des Époques Louis XIV, Louis XV et Louis XVI

BRONZES D'ART

MOBILIER COURANT — LIVRES

ARGENTERIE

Violon de STRADIVARIUS

EXPOSITION PUBLIQUE

Le Dimanche 7 Juin 1885

COMMISSAIRE-PRISEUR

M° Ernest **GIRARD**, 18, rue Notre-Dame-de-Lorette.

EXPERTS :

Pour les objets d'art :	*Pour les tableaux :*
M. Ch. **MANNHEIM**	M. E. **FÉRAL**
7, rue Saint-Georges, 7.	54, Faubourg-Montmartre, 54.

CATALOGUE

DES

TABLEAUX ANCIENS

DES DIVERSES ÉCOLES

Cabinet du xviiᵉ siècle, Coffre du temps de Louis XIV

MEUBLES EN MARQUETERIE DE BOIS
du temps de Louis XV

Tels que : Secrétaire, Commode, Table de nuit, etc.

Bronzes d'art de Barbedienne

BRONZES D'AMEUBLEMENT
Des époques Louis XV et Louis XVI

QUELQUES PORCELAINES

VIOLON DE STRADIVARIUS

ARGENTERIE, 12 KILOGR.

Mobilier courant — Services de table
BATTERIE DE CUISINE

Dont la vente aura lieu par suite du décès de M. D...

HOTEL DROUOT, SALLE Nᵒ 2

Les Lundi 8 et Mardi 9 Juin 1885

A 2 HEURES

Par le ministère de Mᵉ Ernest GIRARD, commissaire-priseur,
18, rue Notre-Dame-de-Lorette

Assisté, pour les objets d'art :
de M. Ch. MANNHEIM, expert, 7, rue Saint-Georges,

Et, pour les tableaux :
de M. Eug. FÉRAL, expert, 54, rue du Faubourg-Montmartre.

EXPOSITION PUBLIQUE
Le Dimanche 7 Juin 1885, de une heure à cinq heures.

CONDITIONS DE LA VENTE

La vente aura lieu expressément au comptant.

Les acquéreurs payeront en sus des enchères *cinq pour cent* applicables aux frais.

L'exposition mettant le public à même de se rendre compte de l'état des objets, il ne sera admis aucune réclamation une fois l'adjudication prononcée.

Paris. — Imprimerie de l'Art. E. Ménard et J. Augry,
41, rue de la Victoire, 41.

DÉSIGNATION DES OBJETS

TABLEAUX

BERGHEM

(D'après)

1 — *Bestiaux à l'abreuvoir.*

BLOEMAERT

(ABRAHAM)

2 — *Mercure et Argus.*

BLOEMEN

(PETER VAN)

3 — *L'Escarmouche.*

BOUCHER

(École de F.)

4 — *Amphitrite.*

BREECKELINCAMP

5 — *La Cuisinière.*

CASTEELS

6 — *Port de mer, animé d'une multi-
tude de figurines.*

COENE

7 — *Petit paysage.*

DEFARGE

(Signé.)

8 — Deux paysages.

GRYEF

(ANTON)

9 — *Chien, paon, gibier mort, fleurs, etc.*

GILLEMANS

10 — *Raisins et fleurs sur un tapis d'Orient.*

HEDA

11 — *Pot en grès, verre à vin, plat, couteau, etc.*

LANTARA

12 — *Bords de rivière, avec animaux sur un chemin.*

LE POITEVIN
(E.)

13 — *Marine.*

MOUCHERON
(D'après)

14 — *L'Arbre brisé.*

POTTER

(Manière de)

15 — *Une Étable.*

PREUDHOMME

1765. (Signé J.)

16 — *Nature morte, saladier de pêches,*
pain de sucre, etc.

SANDERS

(Signé H.)

17 — *Le Savant à l'étude.*

TILBORCH

(Genre de)

18 — *Les Joueurs de cartes.*

VIDAL

(Signé V.)

19 — *Lièvre mort, perdrix et accessoires de chasse.*

WERFF

(Attribué à VANDER)

20 — *Jeune Femme tenant un vase de fleurs.*

WETT

(J. DE)

21 — *La Circoncision.*

ZEEMANN

(RENIER)

22 — Deux Marines en pendants (forme ovale).

ÉCOLE ITALIENNE

23 — *Allégorie religieuse.*

ÉCOLE FLAMANDE

24 — *Le Passage du gué.*

BRONZES D'ART

25 — Groupe représentant Hercule étouffant An-
tée. Bronze italien du xvie siècle, sur socle en
marbre jaune de Sienne, avec monture en
bronze ciselé.

26 — Moïse d'après Michel-Ange. Bronze de
F. Barbedienne.

27 — Le Courage militaire, par P. Dubois. Bronze
de F. Barbedienne.

28 — Statuette de David vainqueur. Bronze par
A. Mercié.

29 — Deux petits bustes en bronze : Voltaire et
Rousseau ; sur socles en marbre, garnis en
bronze.

BRONZES D'AMEUBLEMENT

30 — Pendule du temps de Louis XVI, en marbre blanc et bronze doré, en forme de vase à anses simulant un jet d'eau, dauphins lançant de l'eau et base ornée de bas-reliefs-appliques à rinceaux.

31 — Pendule du temps de Louis XVI, en marbre blanc et bronze doré au mat. Le Repos de Diane. Socle en marbre noir avec bas-relief représentant des jeux d'Amours, en bronze doré.

32 — Deux candélabres de même style, formés de vases à godrons en marbre blanc, avec anses têtes de boucs et bouquets de tulipes, à cinq branches porte-lumières, en bronze doré au mat.

33 — Deux flambeaux - cassolettes, en marbre blanc et bronze doré, de style Louis XVI, en forme d'œuf monté à trépied.

34 — Deux chenets en bronze doré, formés de lions couchés, sur bases ornées et surmontées de boules.

35 — Deux bras, de style Louis XVI, en bronze doré, à trois lumières.

36 — Deux autres bras, de même style, à deux lumières.

37 — Écritoire Louis XVI, formée d'un plateau de laque, monté en bronze doré, avec godets en porcelaine de Saxe et en cristal taillé.

38 — Deux petits candélabres, formés chacun d'une figurine d'Amour, en bronze vert, tenant un flambeau de chaque main.

PORCELAINES

39 — Écuelle avec plateau en ancienne porcelaine dure, de Lille, décorée de médaillons sujets champêtres peints en grisaille et d'ornements polychromes.

40 — Deux vases balustres en ancienne porcelaine du Japon, montés en bronze doré.

41 — Diverses pièces en porcelaine de Locré et
autres.

MEUBLES

42 — Coffre oblong du temps de Louis XIV, en
bois de placage, garni d'ornements en cuivre
découpé et doré.

43 — Secrétaire droit, du temps de Louis XV,
en marqueterie de bois à fleurs et ornements
garnis de bronze doré et à dessus de marbre.

44 — Commode de même travail et provenant
de la même suite que le meuble qui précède.

45 — Table de nuit également de même travail,
de forme élégante, avec dessus en marbre
brèche d'Alep.

46 — Table à ouvrage en marqueterie de bois à
fleurs et dessus de marbre blanc.

47 — Cabinet à tiroirs et tabernacle plaqué d'écaille incrustée de filets d'ivoire et à moulures guillochées en bois noir. xviie siècle.

48 — Chiffonnier en marqueterie de bois à damier.

49 — Meuble à hauteur d'appui en marqueterie de cuivre et écaille, garni de bronze et fermant à deux portes vitrées.

50 — Table à jouer, formant console en marqueterie de bois à fleurs, de travail hollandais.

51 — Guéridon oblong en marqueterie de bois, à fleurs et ornements.

52 — Pendule anglaise en bois noir, garnie d'ornements en bronze ciselé et doré. xviiie siècle.

ARGENTERIE

53 — Environ douze kilogrammes d'argenterie de table.

INSTRUMENTS DE MUSIQUE

54 — Violon de Stradivarius ayant appartenu à
M. Defarge père.

55 — Deux archets de Tourte.

56 — Violon de Gand, 1840.

MOBILIER COURANT

57 — Meubles de chambres à coucher, de salon,
de salle à manger et de cabinet de travail.

58 — Services de table en porcelaine et cristaux.

59 — Batterie de cuisine.